KB249981

포 옹

# 포옹

정호승 시집

창비

# 차 례

제1부

# 빈틈

살얼음 낀 겨울 논바닥에
기러기 한 마리
툭
떨어져 죽어 있는 것은
하늘에
빈틈이 있기 때문이다

## 나팔꽃

한쪽 시력을 잃은 아버지
내가 무심코 식탁 위에 놓아둔
까만 나팔꽃 씨를
환약인 줄 알고 드셨다
아침마다 창가에
나팔꽃으로 피어나
자꾸 웃으시는 아버지

# 낮달

외다리 재두루미 한 마리
남은 한쪽 다리를 길게 쭉 뻗고
얼어붙은 하늘을 고요히
날고 있다

저수지 위에 뜬 겨울 낮달이
울음을 그치고 그 뒤를
고요히
따라가고 있다

# 끈

가는 발목에 끈이 묶여
날지 못하는
오가는 행인들의 발길에 가차없이 차이는
푸른 하늘조차 내려와 도와주지 않는
해가 지도록 오직
푸드덕푸드덕거리기만 하는
한 마리
저 땅 위의
새

# 수표교

물의 깊이를 재는 넌
내 눈물의 깊이는 재어보았니

눈금을 새긴 돌기둥을 데리고
수표교 하나
내 눈물 속에 평생 잠겨 있어도

난 아직 내 눈물의 깊이의
깊이는 재지 못했네

돌이 된 내 눈물의 무게도
재지 못했네

## 스테인드글라스

늦은 오후
성당에 가서 무릎을 꿇었다
높은 창
스테인드글라스를 통과한 저녁햇살이
내 앞에 눈부시다
모든 색채가 빛의 고통이라는 사실을
나 아직 알 수 없으나
스테인드글라스가
조각조각난 유리로 만들어진 까닭은
이제 알겠다
내가 산산조각난 까닭도
이제 알겠다

## 장의차에 실려가는 꽃

모가지가 잘려도 꽃은 꽃이다
싹둑싹둑 모가지가 잘린 꽃들끼리 모여
봄이 오는 고속도로를 끌어안고 운다
인간을 위하여 목숨을 버리는 일만큼
더한 아름다움은 없다고
장의차 한쪽 구석에 앉아 울며 가는 꽃들
서로 쓰다듬고 껴안고 뺨 부비다가
차창에 머리를 기댄 채 마냥 졸고 있는
상주들을 대신해서 울음을 터뜨린다
아름다운 곡비(哭婢)다

# 밤의 연못

밤의 연못에 비친 아파트 창 너머로
한 소년이 방바닥에 앉아 혼자 라면을 끓여먹고 있다
나는 그 소년하고 같이 저녁을 먹기 위해
나도 라면을 들고 천천히 밤의 연못 속으로 걸어들어
간다
개구리 두꺼비 소금쟁이 부레옥잠 들이 내 뒤를 따른다
꽃잎을 꼭 다물고 잠자던 수련도 뒤따라와
꽃을 피운다

# 허물

느티나무 둥치에 매미 허물이 붙어 있다
바람이 불어도 꼼짝도 하지 않고 착 달라붙어 있다
나는 허물을 떼려고 손에 힘을 주었다
순간
죽어 있는 줄 알았던 허물이 갑자기 몸에 힘을 주었다
　내가 힘을 주면 줄수록 허물의 발이 느티나무에 더 착
달라붙었다
　허물은 허물을 벗고 날아간 어린 매미를 생각했던 게
분명하다
　허물이 없으면 매미의 노래도 사라진다고 생각했던 게
분명하다
　나는 떨어지지 않으려고 안간힘을 쓰는 허물의 힘에
놀라
　슬머시 손을 떼고 집으로 돌아와 어머니를 보았다
　팔순의 어머니가 무릎을 곧추세우고 걸레가 되어 마루
를 닦는다
　어머니는 나의 허물이다

18

어머니가 안간힘을 쓰며 아직 느티나무 둥치에 붙어
있는 까닭은
아들이라는 매미 때문이다

# 부러짐에 대하여

나뭇가지가 바람에 뚝뚝 부러지는 것은
나뭇가지를 물고 가 집을 짓는 새들을 위해서다
만일 나뭇가지가 부러지지 않고 그대로 나뭇가지로 살
아남는다면
새들이 무엇으로 집을 지을 수 있겠는가
만일 내가 부러지지 않고 계속 살아남기만을 원한다면
누가 나를 사랑할 수 있겠는가

오늘도 거리에 유난히 작고 가는 나뭇가지가 부러져
나뒹구는 것은
새들로 하여금 그 나뭇가지를 물고 가 집을 짓게 하기
위해서다
만일 나뭇가지가 작고 가늘게 부러지지 않고
마냥 크고 굵게만 부러진다면
어찌 어린 새들이 부리로 그 나뭇가지를 물고 가
하늘 높이 집을 지을 수 있겠는가
만일 내가 부러지지 않고 계속 살아남기만을 원한다면
누가 나를 인간의 집을 짓는 데 쓸 수 있겠는가

# 거위

개나리 핀 국도에 차들이 달린다
할머니 한 분이 아까부터 허리를 구부리고
길을 건너지 못하고 서 있다
그때
할머니 뒤에 서서 개나리를 쳐다보고 있던 흰 거위떼들이
뒤뚱뒤뚱 떼지어 길을 건넌다
순간
있는 힘을 다해 달려오던 차들이 놀라 멈춰선다
버스가 멈춰서고
짐을 가득 실은 트럭이 멈춰선다
거위들은 경적소리에도 아랑곳하지 않는다
할머니가 거위 뒤를 따라 지팡이를 짚고
천천히 길을 건넌다

# 못

벽에 박아두었던 못을 뺀다
벽을 빠져나오면서 못이 구부러진다
구부러진 못을 그대로 둔다
구부러진 못을 망치로 억지로 펴서
다시 쾅쾅 벽에 못질하던 때가 있었으나
구부러진 못의 병들고 녹슨 가슴을
애써 헝겊으로 닦아놓는다
뇌경색으로 쓰러진 늙은 아버지
공중목욕탕으로 모시고 가서
때밀이용 침상 위에 눕혀놓는다
구부러진 못이다 아버지도
때밀이 청년이 벌거벗은 아버지를 펴려고 해도
더이상 펴지지 않는다
아버지도 한때 벽에 박혀 녹이 슬도록
모든 무게를 견뎌냈으나
벽을 빠져나오면서 그만
구부러진 못이 되었다

# 손

산사에 오르다가
흘러가는 물에 손을 씻는다
물을 가득 움켜쥐고 계곡 아래로
더러운 내 손이 떠내려간다
동자승이 씻다 흘린 상추잎처럼
푸른 피를 흘리며 떠내려간다
나는 내 손을 건지려고 급히 뛰어가다가
그만 소나무 뿌리에 걸려 나동그라진다
떠내려가면서도 기어이 물을 가득 움켜쥔
저놈의 손
저 손을 잡아라
어느 낙엽이 떨어지면서 나뭇가지를 움켜쥐고
어느 바위가 굴러가면서 땅을 움켜쥐고
어느 밤하늘이 별들을 움켜쥐고
찬란하더냐

# 돌멩이

아침마다 단단한 돌멩이 하나
손에 쥐고 길을 걸었다
너희 중에 죄 없는 자 먼저 돌로 쳐라
누가 또 고요히
말없이 소리치면
내가 가장 먼저 힘껏 돌을 던지려고
늘 돌멩이 하나
손에 꽉 쥐고 길을 걸었다
어느날
돌멩이가 멀리 내 손아귀에서 빠져나가
나를 향해 날아왔다
거리에 있는 돌멩이란 돌멩이는 모두 데리고
나를 향해 날아와
나는 얼른 돌멩이에게 무릎을 꿇고
빌고 또 빌었다

# 장승포우체국

바다가 보이는 장승포우체국 앞에는 키 큰 소나무가
한 그루 서 있다
  그 소나무는 예부터 장승포 사람들이 보내는 연애편지
만 먹고 산다는데
  요즘은 연애편지를 보내는 이가 거의 없어
  배고파 우는 소나무의 울음소리가 가끔 새벽 뱃고동소
리처럼 들린다고 한다
  어떤 때는 장승포항을 오가는 고깃배들끼리 서로 연애
편지를 써서 부친다고 하기도 하고
  장승포여객선터미널에 내리는 사람들마다 승선권 대
신 연애편지 한장 내민다고 하기도 하고
  나도 장승포를 떠나기 전에 그대에게 몇통의 연애편지
를 부치고 돌아왔는데
  그대 장승포우체국 푸른 소나무를 바라보며 보낸 내
연애의 편지는 잘 받아보셨는지
  왜 평생 답장을 주시지 않는지

## 옥잠화

가을입니다
초승달이 떴습니다
동쪽으로 가는 사람은 동쪽으로 초승달을 가지고 가고
서쪽으로 가는 사람은 서쪽으로 초승달을 가지고 가고
나는 당신의 눈동자 속으로 초승달을 가지고 가서
초승달에 걸터앉아
옥잠화
당신의 이름을 불러봅니다
나는 오늘도 돌을 갈아 거울을 만들어드리지 못하고
돌부처님들이 흘리는 눈물도 닦아드리지 못했으나
옥잠화
당신은 아직도 못난 저를 사랑하고 계십니다
굳이 해탈의 꽃
아니되시면 또 어떠신가요
가을이 깊어갈수록 백련암 뜨락에 고개 숙여 시들어가는
당신을 사랑하다가
나는 그만 초승달에서 떨어져 나뒹굽니다

# 유등

등불 하나 강물에 떠나보내지 않고
어찌 강물을 사랑했다 하랴
강물에 등불 하나 흘려보내지 않고
어찌 등불을 사랑했다 하랴
떠나가지 않으면 떠나보내리라
흘러가지 않으면 흘려보내리라
강가의 가난한 사람들이
외로운 술집이 되어 가슴마다 술 마시는 밤
밤하늘을 헤엄치는 푸른 물고기들이
떼지어 강물에 뛰어내려 등불의 길을 따른다
부디 흐르는 강물에 칼을 꽂지 말아다오
누가 무너지는 촉석루를 껴안고 울고 있는가
지나가는 사람은 지나가게 내버려두고
떠나가는 사람은 떠나가게 내버려두고
유등(流燈)이여
그대 별들과 함께 가서 죽는 곳은 어디인가
나 흘러가면 돌아오지 않으리라
마지막 남은 등불 하나 바다에 바치리라

# 지하철을 탄 비구니

그대 지하철역마다 절 한 채 지으신다
눈물 한 방울에 절 하나 떨구신다
한손엔 바랑
또 한손엔 휴대폰을 꼭 쥐고
자정 가까운 시각
수서행 지하철을 타고 가는 그대 옆에 앉아
나는 그대가 지어놓은 절을 자꾸 허문다
한 채를 지으면 열 채를 허물고
두 채를 지으면 백 채를 허문다
차창 밖은 어둠이다
어둠속에 무안 백련지가 지나간다
승객들이 순간순간 백련처럼 피었다 사라진다
열차가 출발할 때마다 들리는
저 풍경소리를 들으며
나는 잃어버린 아내를 찾아다니는 사내처럼 운다
사람 사는 일
누구나 마음속에 절 하나 짓는 일

지은 절 하나
다시 허물고 마는 일

# 군고구마 굽는 청년

청년은 기다림을 굽고 있는 것이다
나무를 쪼개 추운 드럼통에 불을 지피며
청년이 고구마가 익기를 기다리는 것은
기다림이 익기를 기다리는 것이다
사람들이 외투 깃을 올리고 종종걸음 치는 밤거리에서
뜨겁게 달구어진 조약돌에 고구마를 올려놓고
청년이 잠시 밤하늘을 올려다보는 것은
기다림이 첫눈처럼 내리기를 기다리는 것이다
청년은 지금 불 위의 고구마처럼 타들어가고 있을 것
이다
온몸이 딱딱하고 시꺼멓게 타들어가면서도
기다림만은 노랗고 따끈따끈하게 구워지고 있을 것
이다
누군가에게 구워진다는 것은 따끈따끈해진다는 것이다
따끈따끈해진다는 것은 누군가에게 맛있어진다는 것
이다
지금까지 그 누구에게 맛있어본 적이 없었던 청년이

다 익은 군고구마를 꺼내 젓가락으로 쿡 한번 찔러보
는 것은
사랑에서 기다림이 얼마나 성실하게 잘 익었는가를
알아보려는 것이다

## 마디

봄밤에 오늘의 마지막 열차를 타고 가다가
전동차 통로 바닥에 죽순이 돋아나는 것을 보았다
안국역에서 학여울역까지 가는 동안
사람들이 마구 짓밟고 가는데도 죽순은 쑥쑥 거침없이
자라
전동차 안이 푸른 대나무숲으로 변하는 것을 보았다
멀리 담양 소쇄원 대숲에서 불어온 바람인가
사각사각 댓잎에 바람 스쳐지나가는 소리 들리고
한강의 야윈 불빛들이 저마다 댓잎에 앉아
쓸쓸히 웃으면서 흘러간 사랑을 이야기한다
전동차의 피곤한 바퀴를 쓰다듬어주는 저 허연 대나무
뿌리도
지난겨울을 견디기 몹시 힘들었을 것이다
나는 하모니카를 불며 구걸하는 시각장애인들과 같이
오랫동안 대나무 마디마다 쓰다듬으며 말없이 말했다
대나무가 거친 바람에도 결코 쓰러지지 않는 것은
바로 마디가 있기 때문이라고

내가 휘청거리면서 그래도 쓰러지지 않는 것은
내 눈물에도 마디가 있기 때문이라고

# 좌변기에 대한 고마움


좌변기가 내 어머니의
또다른 육체라는 사실을 알고 난 다음날부터
좌변기가 이 세상 모든 어머니의
자궁의 일부로 만들어졌다는 사실을 알고 난 다음날
부터
나는 비로소 감사할 줄 아는 인간이 되었다


좌변기가 내 어머니의 마음의 골짜기
이 세상 모든 어머니들의 사랑의 골짜기
그 눈 녹은 물이 흐르는
봄의 골짜기라는 사실을 알고 난 다음날부터
나는 좌변기에 감사할 줄 아는 인간이
가장 아름다운 인간이라는 사실을 알게 되었다


오늘은 일찌감치 집으로 돌아와
좌변기에 앉아 마음의 똥을 눈 뒤
정성스레 비누칠을 하고 샤워기로 흰 물을 뿌리고

좌변기를 목욕시켜드린다

어머니

그동안 참 많이 늙으셨다

# 낙죽

결국은 벌겋게 단 인두를 들고
낙죽(烙竹)을 놓는 일이지
한때는 산과 산을 뛰어넘는
사슴의 발자국을 남기는 줄 알았으나
한때는 맑은 시냇물의 애무를 견디다 못해
그만 사정해버리는 젊은 바위가 되는 줄 알았으나
결국은 한순간 숨을 멈추고
마른 대나무에 낙을 놓는 일이지
남을 사랑한다는 것
아니 나를 사랑한다는 것
남을 용서한다는 것
아니 나를 용서한다는 것 모두
낙죽한 새 한 마리 하늘로 날려보내고
물이나 한잔 마시는 일이지
숯불에 벌겋게 평생을 달군
날카로운 인두로
아직도 지져야 할 가슴이 남아 있다면
아직도 지져버려야 할 상처가 남아 있다면

제2부

# 전깃줄

포르르 참새들이 날아와 앉아
먼 산을 바라보고 있을 때가 참으로 좋았다
폭설에 전봇대가 쓰러져 집집마다 환하게 불을 켤 수
없어도
그대로 길가에 버려져 있을 때가 그래도 좋았다
우리 세 식구 영원히 함께할 수 있도록 줄로 묶고 갑
니다
같이 있게 해주세요
유서를 쓰고
어느 젊은 아빠가 초등학생 아들딸과 한데 몸을 묶을
때
전깃줄은 그들을 묶지 않으려고 발버둥치다가
그들보다 먼저 죽었다
결국 그들을 꽁꽁 묶은 채 전깃줄은 경찰에 의해 발견
되었다
주택가 셋방에서 일가족 세 명이 숨진 채 발견됐다고
집주인 전씨가 경찰에 신고하고 나서 비로소 그들의

몸에서 풀려나왔다
  아직 가슴에 따뜻한 전기는 흐르지 않는다
  시간이 지날수록
  그들이 함께할 수 있도록 끝까지 묶어주지 못한 일이
안타까워
  아직 가슴에 뜨거운 눈물은 흐르지 않는다

# 밤의 강물

드디어 봄밤이다

눈 녹은 강물 속에 아파트 한 채 들어선다

겨우내 지하도에서 잠자던 노숙자들이 지하도를 버리고 하나 둘

물속의 아파트를 찾아와 반가이 인사를 나눈다

굳이 동호수는 정하지 않는다

더러 세상 떠난 이들의 소식을 전하면서

강가의 마른 갈대와 어린 잉어와 누치하고도 인사를 나누고

거꾸로 서 있는 아파트 계단을 쓰러지지 않고 오른다

커튼을 열어젖히자 창문마다 물벼룩처럼 기어나온 불빛들이 따스하다

소주를 마시고 화투라도 치는지 초승달이 자꾸 방 안을 기웃거린다

텔레비전이 켜진 방마다 웃음소리가 터져나온다

밤이 깊어갈수록 강물은 아파트를 꼭 껴안고 미동도 하지 않는다

고요히 외발로 강가에 서 있던 왜가리 한 마리
잠시 서성거리자
아파트가 잠깐 흔들렸을 뿐

# 여름밤

아파트 경비원 혼자 라면을 끓인다
한 평 남짓한 좁은 경비실에 앉아
입을 벌리고 졸다가 일어나
끓인 라면을 혼자 먹는다
한낮에 맑게 울던 매미는 울지 않고
오늘따라 별들도 보이지 않고
밤늦게 주차하는 자동차의 찬란한 불빛을 뚫고
키 작은 소녀
김치 한 사발을 들고 온다
인간에게는 왜 도둑이 있는지
인간이 왜 아파트를 지켜야 하는지
인생을 지키기도 힘든 여름밤
거미줄이 내 얼굴에 걸려 무너진다
나는 아직 거미의 먹이가 되지 못하고
거미의 일생만 뒤흔들어놓는다

# 폐계

양계장에 갇혀
형광등 하얀 불빛 아래 알만 낳고 살던
정해진 시간에 자동으로 나오는 물과 사료만 먹고 살던
이제는 깃털마저 다 빠져버린
통닭이 되는 일 외엔 아무 일도 남아 있지 않는
허연 폐지뭉치 같은 닭 몇 마리
어머니가 고향집 뒤뜰에 살며시 풀어놓자 봄비가 내렸다
감나무에 새잎이 돋고
거죽만 남은 폐계(廢鷄)의 날개에도 새 깃이 돋았다
감꽃이 피고
감들이 밤마다 발갛게 백촉 전깃불을 밝히는 동안
어느새 힘 잃은 날갯죽지에도 다시 힘이 솟아
처음에는 폐계들이 장독대에 푸드덕 올라가더니
오늘은 감나무에도 훌쩍 날아올라가
홍시처럼 붉은 한가위 달을 보고 호호 웃는다

# 수화합창

봄비를 맞으며 걸어가는 초등학생들의 맑은 발소리를
듣는다
봄눈을 맞으며 보리밭을 밟는 아버지의 다정한 발소리
를 듣는다
햇살을 보고 살며시 웃음 터뜨리는 아침이슬들의 웃음
소리를 듣는다
한순간 정신없이 퍼붓는 소나기에 나뭇잎들이 장난을
치며 목욕하는 소리를 듣는다
나무들과 뜨겁게 사랑을 나누는 참매미들의 요란한 합
창소리를 듣는다
절벽에 부딪혔다가 슬쩍 웃으면서 물러나는 수줍은 강
물소리를 듣는다
나뭇가지에 앉은 새들이 일제히 나뭇가지를 흔들며 떠
나가는 소리를 듣는다
가랑잎들이 굴러가다가 사람들 발에 밟혀 우는 소리가
들린다
오솔길을 기어가는 달팽이들이 사람들의 발에 소리없

이 밟히는 소리가 들린다

　번개 몰래 심심하면 먹구름을 때리는 천둥소리가 들린다

　엄마를 찾아 산그늘로만 산그늘로만 날아다니는 아기 산새의 울음소리가 들린다

　달빛과 별빛이 서로 손을 꼭 잡고 잠드는 소리가 들린다

## 감자를 씻으며

흙 묻은 감자를 씻을 때는
하나하나씩 따로 씻지 않고 한꺼번에 다 같이 씻는다
물을 가득 채운 통 속에 감자를 전부 다 넣고
팔로 힘껏 저으면
감자의 몸끼리 서로 아프게 부딪히면서 흙이 씻겨나
간다
우리가 서로 미워하면서 서로 사랑하는 것도
흙 묻은 감자가 서로 부딪히면서
서로를 깨끗하게 씻어주는 것과 같다
나는 오늘도 물을 가득 채운 통 속에
내 죄의 감자를 한꺼번에 다 집어넣고 씻는다
내 사랑에 묻어 있는 죄의 흙을 제대로 씻기 위해서는
죄의 몸끼리 서로 아프게 부딪히게 해야 한다
흙 묻은 감자처럼
서로의 죄에 묻은 흙을 깨끗하게 씻어주기 위해서는

# 포옹

뼈로 만든 낚싯바늘로
고기잡이하며 평화롭게 살았던
신석기 시대의 한 부부가
여수항에서 뱃길로 한 시간 남짓 떨어진 한 섬에서
서로 꼭 껴안은 채 뼈만 남은 몸으로 발굴되었다
그들 부부는 사람들이 자꾸 찾아와 사진을 찍자
푸른 하늘 아래
뼈만 남은 알몸을 드러내는 일이 너무 부끄러워
수평선 쪽으로 슬며시 모로 돌아눕기도 하고
서로 꼭 껴안은 팔에 더욱더 힘을 주곤 하였으나
사람들은 아무도 그들이 부끄러워하는 줄 알지 못하고
자꾸 사진만 찍고 돌아가고
부부가 손목에 차고 있던 조가비 장신구만 안타까워
바닷가로 달려가
파도에 몸을 적시고 돌아오곤 하였다

# 걸인

나는 그대의 불전함
지하철 바닥을 기어가는 배고픈 불전함
동전 한닢 떨어지는 소리가 천년이 걸린다
내가 손을 내밀지 않아도
내 손이 먼저 무량수전 마룻바닥을 기어가듯
천년을 기어가
그대에게 적선의 손을 내미나니
뿌리치지 마시라 부디
무량수전이 어디 부석사에만 있었던가
우리가 흔들리며 타고 가는 지하철
여기가 바로 무량수전 아니던가
나는 그대의 불전함
다 닳은 타이어 조각을 대고 꿈틀꿈틀 무릎도 없이
지하철 바닥을 기어가는 가난한 불전함
동전 한닢 떨어지는 소리가
또 천년이 걸린다

# 여행가방

너는 나를 끌고
인천국제공항으로 가고 있다고 생각하고 있겠지
너는 나를 비행기에 싣고
시나이반도 위를 신나게 날고 있다고 생각하고 있겠지
너는 나를 카이로공항에서 다시 만나
이리저리 끌고 다닐 수 있다고 생각하고 있겠지
피라미드 안 좁은 통로를 헤매고 다니거나
람세스 2세의 미라를 슬픈 눈으로 들여다보거나
사막에서 하룻밤 찬란한 별들을 바라보며 추위에 떨
다가
질질 나를 끌고 다시 서울로 돌아올 수 있다고 생각하
고 있겠지
그러나 나는 너와 함께 가지 않는다
거듭거듭 말하지만 평생 나는 너의 것이 아니다
나는 나 혼자 갈 뿐
너는 너 혼자 갈 뿐

# 누더기

당신도 속초 바닷가를 혼자 헤맨 적이 있을 것이다
바다로 가지 않고
노천횟집 지붕 위를 맴도는 갈매기들과 하염없이 놀
다가
저녁이 찾아오기도 전에 여관에 들어
벽에 옷을 걸어놓은 적이 있을 것이다
잠은 이루지 못하고
휴대폰은 꺼놓고
우두커니 벽에 걸어놓은 옷을 한없이 바라본 적이 있
을 것이다
창 너머로 보이는 무인등대의 연분홍 불빛이 되어
한번쯤 오징어잡이배를 뜨겁게 껴안아본 적이 있을 것
이다
그러다가 먼동이 트고
설악이 걸어와 똑똑 여관의 창을 두드릴 때
당신도 설악의 품에 안겨 어깨를 들썩이며 울어본 적
이 있을 것이다

아버지같이 묵묵히 등을 쓸어주는
설악의 말 없는 말을 들어본 적이 있을 것이다
지금까지 내가 살아온 것은
바다가 보이는 여관방에 누더기 한 벌 걸어놓은 일이
라고
걸어놓은 누더기 한 벌 바라보는 일이라고

# 무인등대

등대는 인간이 싫었던 것은 아니다
설악을 등지고 방파제에 앉아
허겁지겁 활어회를 먹는 인간들이 싫었던 것은 아니다
외롭고 쓸쓸한 갈매기들에게 소주 한잔 건네지 않고
저 혼자 술 취해 비틀거리는 인간들이 마냥 미웠던 것
은 아니다
바다의 상처가 섬이 된 줄 모르고
해가 지도록 바닷가에 앉아 모래를 헤아리다가
결국 모래가 되어버린 인간들이 결코 안타까웠던 것은
아니다
다만 평생 감동 없는 밥을 먹는 인간들로부터 멀리 달
아나고 싶었을 뿐이다
속초항으로 돌아오자마자 집어등을 끄고 코를 골며
자는
저 지친 오징어잡이배들을 설악으로 끌고 가 잠들게
하고 싶었을 뿐이다
오징어와 명태와 고등어와 또 넙치 들이

어머니가 기다리는 고향으로 돌아갈 수 있도록 다정히
불을 밝히다가
　수평선을 바라보며 고요히 늙어가기를 바랐을 뿐이다
　진정으로 살아보지도 않은 채 죽어간다는 것이
　그 얼마나 어리석은 일인가를
　등대는 바다가 보이는 창가에 앉아 차를 마시며
　인간들과 잠시 이야기를 나누고 싶었을 뿐이다

# 북극성

신발끈도 매지 않고
나는 평생 어디를 다녀온 것일까
도대체 누구를 만나고 돌아와 황급히 신발을 벗는 것
일까
길 떠나기 전에 신발이 먼저 닳아버린 줄도 모르고
길 떠나기 전에 신발이 먼저 울어버린 줄도 모르고
나 이제 어머니가 계시지 않는
어머니의 집으로 돌아와
늙은 신발을 벗고 마루에 걸터앉는다
아들아, 섬 기슭을 향해 힘차게 달려오던 파도가 스러
졌다고 해서
바다가 없어지는 것은 아니다
아들아, 비를 피하기 위해 어느 집 처마 밑으로 들어갔
다고 해서
비가 그친 것은 아니다
불 꺼진 안방에서
간간이 미소 띠며 들려오는 어머니 말씀

밥 짓는 저녁연기처럼 홀로 밤하늘 속으로 걸어가시
는데
　나는 그동안 신발끈도 매지 않고 황급히 어디를 다녀
온 것일까
　도대체 누구를 만나고 돌아와
　저 멀리
　북극성을 바라보고 있는 것일까

# 생일

아내가 끓여준 미역국에 밥을 말아먹다가
내가 먹던 밥을 개에게 주고
개가 먹던 밥을 내가 핥아먹는다
식구들의 박수를 받으며 촛불을 끄고 축하 케이크를
먹다가
내가 먹던 케이크를 고양이에게 주고
고양이가 먹던 생선대가리를 내가 뜯어먹는다
오늘은 내 생일이므로
짐승의 마음이 인간의 모습으로 태어난 날이므로
개밥그릇을 물고 거리로 나가 유기견들에게 내 심장을
떼어주고
길고양이들에게 내 콩팥을 떼어주고
물끄러미 소나기 쏟아지는 거리를 바라본다
벌써 며칠째 인터넷 접속이 되지 않는다고
답답해 미치겠다고 사람들은 이리저리 뛰어다니고
한여름에 겨울점퍼를 입은 노숙자 한 사람이 빗속에
쓰러진다

나는 젖은 돌멩이로 떡을 만들어 그에게 주고
흙으로 막걸리를 빚어 나눠 마시고
신나게 꼬리를 흔들다가
아직 태어나지 않은 나에게 말한다
부디 다시는 태어나지 말라고
태어나지 않은 날이야말로 내 생일이라고

# 돌파구

나도 그렇지만 너도 돌파구가 있다고 생각하니
어딘가에 마치 여우굴처럼 아니면 성당의 출입문처럼
돌파구가 두 팔을 벌리고 웃으면서 널 기다리고 있다
고 생각하니
나도 그렇지만 너도 지금 당장 돌파구를 찾지 않으면
빌딩의 유리창을 열고 나라도 뛰어내릴 거라고 생각
하니
사랑하지도 않으면서 사랑을 잃은 채
낙산사에 가서 동해의 수평선을 바라본다고 해서
명동성당의 종소리를 들으며 기도한다고 해서
돌파구가 꽃처럼 피어날 수 있을 것 같니
돌파구를 열면 또 돌파구를 열어야 하는데
돌파구는 찾는 순간 또 돌파구를 찾아야 하는데
나도 그렇지만 너도 지금 돌파구를 향해 꼭 달려가야
만 하겠니
돌파구는 밖에서 누가 열어주는 것도 아니고
안에서 누가 열 수 있는 것도 아닌데

지하철의 스크린 도어처럼 마음을 열어놓고 기다리면
스스로 열리는 문이라고
나도 그렇지만 너는 왜 생각하지 못하니

# 넘어짐에 대하여

나는 넘어질 때마다 꼭 물 위에 넘어진다
나는 일어설 때마다 꼭 물을 짚고 일어선다
더이상 검은 물속 깊이 빠지지 않기 위하여
잔잔한 물결
때로는 거친 삼각파도를 짚고 일어선다

나는 넘어지지 않으려고 할 때만 꼭 넘어진다
오히려 넘어지고 있으면 넘어지지 않는다
넘어져도 좋다고 생각하면 넘어지지 않고
천천히 제비꽃이 핀 강둑을 걸어간다

어떤 때는 물을 짚고 일어서다가
그만 물속에 빠질 때가 있다
그럴 때는 아예 물속으로 힘차게 걸어간다
수련이 손을 뻗으면 수련의 손을 잡고
물고기들이 앞장서면 푸른 물고기의 길을 따라간다

아직도 넘어질 일과
일어설 시간이 남아 있다는 것은 큰 축복이다
일으켜세우기 위해 나를 넘어뜨리고
넘어뜨리기 위해 다시 일으켜세운다 할지라도

# 젖지 않는 물

　나는 젖지 않는 물이다
　봄이 와도 뿌리에 가닿지 못하고 지금까지 젖지 않는
물처럼 살아왔다
　오늘은 소년인 양 신나게 물수제비를 뜨다가 무심코
흐르는 강물을 바라본다
　용서했으면 때리지 말고 때렸으면 용서하지 말라고
　강물이 웃으면서 하시는 말씀을 들으며
　나는 저벅저벅 강물 속으로 젖지도 않은 채 걸어들어
간다
　물은 딱딱하다
　젖지 않는 물은 늘 딱딱하다
　딱딱한 물을 헤치고 청둥오리 한 마리 웃으면서 다가
와 내 손을 잡는다
　청둥오리가 평생 자맥질을 하며 이끄는 길
　그 푸른 물의 길은 어디인가
　청둥오리는 끝내 나를 데리고 물속으로 들어가지 못
하고

저 멀리 강둑 위에 용서할 사람과 용서받을 사람의 그
치지 않는 싸움을 바라본다
바람이 분다
강둑의 나무들이 칼집에 칼을 꽂지 못하고 칼을 든 채
울고 있다
잊을 수는 없으나 용서할 수 있다는 것은 거짓이다
거짓을 위하여 더이상 목숨을 바치지 말아야 한다
나는 청둥오리의 손을 놓고 등뒤에서라도 더욱 너를
껴안기 위하여
자맥질을 하면서 딱딱한 강물 속으로 더 깊이 들어간다

# 집 없는 집

집에 들어가도 나는 집이 없다
나는 집 없는 집에서 산다
냉장고가 내 아내고 세탁기가 내 딸이다
어떤 날은 텔레비전이 내 아들이고 늙은 소파가 내 어머니다
한번은 냉장고를 보고 "여보, 저녁 먹읍시다" 하고 말했다가
냉장고가 문을 열어주지 않아 저녁도 먹지 못하고 개미의 집에서 잠이 들었다
싱크대 너머 벽 속에 사는 개미들은 내가 찾아가면 언제든지 문을 열어준다
보이는 족족 손가락 끝으로 눌러 죽였는데도 나를 반긴다
아직도 진정으로 나를 용서해주는 이는 개미뿐이다
나는 대체로 양변기의 말씀은 잘 듣는 편이다
양변기의 말씀을 듣지 않으면 과거의 똥을 눌 수 없어 너무 고통스럽다

그래서 매일 양변기를 쓰다듬어드리고 물도 채워드린다

물론 수도꼭지의 말씀도 걸레의 말씀도 잘 듣는 편이다

집 없는 집에서는 가끔 꿈 없는 꿈도 꾼다

나의 꿈은 나의 집에서 젊은 산모가 젖가슴을 드러내고 아기에게 젖을 먹였으면 하는 것이다

나의 집을 인간의 젖향기로 가득 채웠으면 하는 것이다

강아지들한테 젖을 빨리는 어미개와 거실에서 함께 살 수 있었으면 하는 것이다

그러나 나는 집 없는 집이다

집 없는 나의 집에는 집 없는 사람들이 몇명 외롭게 산다

오늘은 퇴근 후 집 없는 집의 현관문을 열고 들어서자

제발 좀 내려오라고 해도 내려오지 않고

아직도 예수가 십자가에 매달려 피를 흘린다

나는 걸레를 들고 천천히 거실을 흥건히 적신 예수의 피를 닦는다

# 가방

나를 가방 속에 구겨넣고 출근할 때가 있다

휴지처럼 나를 구겨넣은 가방을 들고 지하철을 탈 때
가 있다

잠시 지하철 선반에 올려졌다가 신문과 함께 바닥에
툭 떨어질 때가 있다

지하철 문틈에 끼여 컥 숨이 막힐 때가 있다

그래도 가방 속에 구겨져 있으면 인간이 되지 않아서
좋다

무엇보다도 돈을 벌지 않으면 안되는 남편이 되지 않
아서 좋다

아내를 따라 성당에 나가 십자가를 바라보며 거짓 기
도를 하지 않아서 좋다

나는 가방이므로 더이상 대출상환금을 갚지 않아서
좋다

친구에게 배반당하지도 용서하지도 용서받지도 않아
서 좋다

언젠가 출장길에 부안 내소사 요사채 툇마루에 놓여

있다가

봄햇살에 깜빡 잠이 들어 잠 속에서도 새소리를 들었
을 때

한강대교 아래로 휙 내던져져 물속 깊이깊이 가라앉아
가다가

고요히 나를 찾아온 물고기들과 뜨겁게 키스를 나누었
을 때

나는 그 얼마나 행복했던가

나를 가방 속에 코 푼 휴지처럼 구겨넣고 퇴근할 때도
있다

회식이 있는 날은 술 취해 나를 잃어버릴까봐 미리 가
방 속에 구겨넣는다

그런 날은 아내는 어디 가고 아들도 보이지 않고

노모만 밤늦도록 빈방에 늙은 텔레비전처럼 쭈그리고
있다가

가방이 와 이래 무겁노 하시면서 나를 받아주신다

# 시각장애인과 함께한 저녁식사 시간

하루살이는 하루만 살 수 있다는데
불행히도 하루종일 비가 올 때가 있다고
그래도 감사한 마음으로 열심히 살아간다고
어느 비오는 날 점자도서관 구내식당에서
시각장애인들과 함께 저녁식사를 하면서
나는 왜 불쑥 그런 말을 하고 말았는지

제비가 둥지를 틀 때는
지난해 지었던 집에 둥지를 틀지 않고
반드시 그 옆에 새집을 지어 둥지를 튼다고
우리도 언제 어디서나 새로운 둥지를 틀 수 있다고
내가 왜 그런 말을 하면서
열심히 콩나물국을 떠먹고 있었는지

내 밥그릇에 앉았던 파리 한 마리가
밥알을 흘리지 않으려고 조심스럽게 숟가락질을 하는
시각장애인의 밥그릇에 앉으려고 해서

내가 손으로 파리를 멀리 쫓았으면 쫓았지
왜 그런 말을 하며
질경질경 밥을 씹어먹고 있었는지

## 사막여우

너를 따라 사막의 사막 속으로 도망쳐버릴 걸 그랬어
모래 위에 난 너의 발자국을 쫓아 영원히 사라져버릴
걸 그랬어
서울로 돌아와도 아무도 나를 찾는 이 없는데
이별한 뒤에도 또 이별할 일만 남아 있는데
너를 따라가 맛있는 너의 먹잇감이나 되어줄 걸 그랬어
추워 떨며 모닥불을 피우고 있는 나에게
네가 살며시 웃으면서 다가왔을 때
나는 왜 너를 멀리 쫓아버리고 말았는지
사막의 그 먼 밤길을 오직 내가 보고 싶어 찾아온 줄도
모르고
굴속에 재워둔 귀여운 새끼들을 보여주고 싶어서
자꾸 날 따라오라고 손짓하는 줄도 모르고
나는 왜 날카로운 플래시의 불빛을 너의 얼굴에 계속
비추기만 했는지
네가 막 새벽 지평선 위로 떠오른
노란 오렌지 조각 같은 반달을 내 머리맡에 데리고 왔

을 때에도
  네가 사막의 별들을 모두 모래 위에 내려앉게 하고
  흰 조약돌 같은 북두칠성을 내 손에 쥐여주었을 때에도
  나는 왜 나를 버리고 너를 따라가지 못했는지
  그리운 사막여우
  네가 나 대신 물고 간 내 가난한 신발 한 짝은 잘 있는지
  지금도 내 신발을 물고 힐끔힐끔 뒤돌아보며
  사막의 사막 속으로 영원히 사라지고 있는지

# 실종

더이상 내가 팬티만 입은 채
야산에서 알몸으로 발견되지 않기를
사람도 오가지 않는
아직 잔설이 남아 있는 낙엽더미에
그대로 고요히 덮여 있기를

진달래 한두 송이 피어나기 시작하면
나 지리산 진달래로 피어나
섬진강 따라가는 봄바람이나 되리니
멀리 뻘배를 타고 갯벌로 나아가
게구멍이나 기웃거리며 한평생 게들과 노니려니

전국에 전단지를 돌리며 아들아
나를 찾지 마라
아내여 날마다 이혼하고 술이나 마셔라
과거의 들녘에는 언제나 검은 기차가 지나간다
누구에게나 먼 지옥은 가깝다

더이상 내가 팬티만 입은 채
갯가에서 알몸으로 발견되지 않기를
경찰들이 또 나를 찾아와
지문을 채취하고 침을 뱉지 않기를
달빛에 파도가 밀려오고 밀려가고
그저 개불 곁에 고요히 숨어 있기를

# 문 없는 문

문 없는 문을 연다
이제 문을 열고 문밖으로 나가야 한다
문 안에 있을 때는 늘 열려 있던 문이
문밖으로 나가려고 하자 갑자기 쾅 닫히고 보이지 않
는다
그래도 문 없는 문의 문고리를 당긴다
문은 열리지 않는다
돋움발로 겨우 문밖을 바라본다
어디선가 잠깐 새소리가 들릴 뿐 아무런 풍경도 보이
지 않는다
오래전에 내 손을 잡고 문 안으로 들어온 사람과
그 사람이 가슴에 가득 안고 들어온 산과 바다가 있는
풍경도
어느새 나를 버리고 문밖으로 나가 보이지 않는다
눈물은 나지 않는다
이제 군이 문 안으로 걸어들어오던 때를 그리워할 필
요는 없다

문 안에서 늘 문이 닫힐까봐 두려워하던
문 안에서 늘 문밖을 바라보며 살아온 나를
이제 와서 탓하지는 말아야 한다
문 없는 문의 손잡이를 다시 잡는다
문은 없어도 문은 열린다

# 옥산휴게소

아침 일찍 경부고속도로를 달리던 장의차 한 대 주차
장에 멈춰선다
흰 치마저고리를 입고 머리에 실나비 같은 상장(喪章)
핀을 꽂은 젊은 여자들
우르르 차에서 내려 급히 화장실로 향한다
하늘은 푸르고 날은 따스하다
장의차 꽁무니에 타고 있던 관 속의 시신과 나는
차에서 내려 자판기 커피를 뽑아들고 먼 산을 바라본다
산에는 진달래가 한창이다
꽃도 피면 다 부처님인가
누구를 믿어야 사람은 죽어도 살까
재빨리 우동 한 그릇을 먹고 나와 장의차 운전사가 시
신에게 담배를 건넨다
인생에는 설명할 수 없는 일이 너무 많다고
남들이 가진 것을 다 가지려고 하면 아무것도 가질 수
없다고
시신의 어머니가 담배를 피우는 시신의 손을 가만히

잡아끈다

　이것은 여행이 아니다

　시신은 장지까지 가는 길이 너무 멀고 지루하다

　화장실을 다녀온 시신의 아들은 휴대폰을 꺼내 어디론
가 급히 문자메씨지를 보낸다

　시신은 담배를 끄고 어머니를 따라 다시 장의차를 향
해 흐느적흐느적 걸어간다

　노란 유치원복을 입은 아이들이 버스에서 내려 병아리
떼처럼 화장실로 뛰어간다

　선운사 동백꽃을 보러 가는 관광버스들이 줄지어 들어
오고

　더이상 울지도 않고 장의차가 급히 주차장을 떠난다

# 토마토

토마토 밭에 벼락이 떨어졌다
인간에게 떨어져야 할 벼락이 토마토 밭에 떨어졌다
내가 맞아야 할 벼락을 토마토가 맞은 것이다
터질 대로 터져 사방으로 흩어진 토마토 살점들이
정육점에 막 전시된 붉은 살코기 같아
나는 얼른 양동이를 들고 토마토 토막을 주워담았다
물컹물컹한 토마토의 육신을 만질 때마다
내 시신을 수습하는 기분이 들었다

# 꽃을 태우다

관을 태우며 꽃을 태운다

흰 백합과 국화 사이에 고개 숙인 채 떨고 있는 극락조를 태운다

오동나무 관 속에 넣어둔 다라니경에 불이 붙는다

시신을 고정시키기 위해 채워둔 솜뭉치에서 검은 연기가 치솟는다

하관을 하고 삽질을 하기 전에

끝끝내 정남향을 가리키던 늙은 지관의 손가락에도 불이 붙고

급하게 봉고차를 타고 온 일회용 도시락과 종이컵 들이 타들어간다

꽃은 이미 쓰레기다

서울에서 장의차를 타고 온 꽃은 쓰레기가 되면서 비로소 꽃을 피운다

평생 낙화의 아름다움은 이루지 못해도

김제평야 얼어붙은 황토 언덕 위에 치솟는 저 불꽃을 보라

꽃을 태우면서부터 상주들은 더이상 울지 않는다

언 땅을 팠던 굴삭기도 불타는 꽃들을 쳐다보며 무표정하다

등 굽은 소나무의 솔방울도 불의 꽃을 보고 아무 말이 없다

이제 당신이 내게 필요로 하는 것은 무엇인가

무엇이 당신에게 죽음에까지 이르는 사랑인가

다행히 흐린 하늘에서 눈 내린다

미처 타지 못한 관 조각을 애써 불길 한가운데로 밀어넣는다

여기저기 땅바닥에 떨어진 목 잘린 국화들도 주워 불속으로 던진다

어린 상주들이 다가와 언 몸을 녹인다

꽃이 만든 저 모닥불 곁에 서서 우리가 종이컵에 차 한 잔을 마시는 동안

내리자마자 불길 속으로 흔적도 없이 사라지는 저 눈송이들

봄이 오면 다라니경을 읽으며
제비꽃으로 피어나 수줍게 웃으리라

# 수의

나 죽으면 차라리 수의(壽衣)를 입지 않고
겨울이면 코트를 걸치고 머플러를 한 채
여름이면 반팔 티셔츠에 면바지 입은 그대로
떠나는 게 좋겠다고 늘 생각하다가
우연히 뱅뱅사거리 수의 상설전시장 앞을 지나던 날
지금쯤 멋있는 수의 한 벌 사입는 것도 괜찮겠다 싶어
안동포로 만든 수의 한 벌 사입고
택시를 타고 팔당대교를 지나 양수리 쪽으로 가다가
두물머리 어디쯤 내려
흐르는 강물을 바라보며 죽은 벗들과 종일토록
생맥주를 마시다가 문득 알게 되었다
그동안 내가 입고 다닌 옷
수의 아닌 옷이 없었다는 것을
그동안 내가 즐겨 입고 다닌 옷
모두 수의였다는 것을

제3부

# 다시 벗에게 부탁함

벗이여
소가 가죽을 남겨 쇠가죽 구두를 만들듯
내가 죽으면 내 가죽으로 구두 한 켤레 만들어
어느 가난한 아버지가 평생 걸어가고 싶었으나
두려워 갈 수 없었던 길을 걸어가게 해다오
벗이여
내 가죽의 가장 부드러운 부분으로 가죽소파 하나 만
들어
저녁마다 독거노인이 소파에 앉아
드라마를 보다가 울다가 웃다가 잠들게 해다오
그리하여 벗이여
내게 아직도 부드럽고 따뜻한 가죽이 남아 있다면
가죽장갑도 한 켤레 만들어
외로운 골목
추워 떠는 노숙의 손들이 낄 수 있는 장갑이 되게 하고
그러고도 내게 아직 가죽이 남아 있다면
별빛을 조금 섞어

써도 써도 만원짜리 지폐 몇장은 늘 들어 있는
가죽지갑을 만들어
가난한 사람들의 가슴마다 빛나게 해다오

# 개에게 인생을 이야기하다

젊을 때는 산을 바라보고 나이가 들면 사막을 바라보라
더이상 슬픈 눈으로 과거를 바라보지 말고
과거의 어깨를 툭툭 치면서 웃으면서 걸어가라
인생은 언제 어느 순간에도 다시 시작할 수 있다
오늘을 어머니를 땅에 묻은 날이라고 생각하지 말고
첫아기에게 첫젖을 물린 날이라고 생각하라
왜 하필 나에게 이런 일이 일어나느냐고 분노하지 말고
나에게도 이런 일이 일어날 수 있다고 생각하고 아침
밥을 준비하라
　어떤 이의 운명 앞에서는 신도 어안이 벙벙해질 때가
있다
　내가 마시지 않으면 안되는 잔이 있으면 내가 마셔라
　꽃의 향기가 눈에 보이지 않는다고 해서 존재하지 않
는 게 아니듯
　바람이 나와 함께 잠들지 않는다고 해서 나를 사랑하
지 않는 게 아니다
　사랑한다는 것은 사랑하는 사람이 존재하는 일에 감사

하는 일일 뿐

내가 누구의 손을 잡기 위해서는 내 손이 빈손이 되어
야 한다

오늘도 포기하지 않으려고 노력하지 말고 무엇을 이루
려고 뛰어가지 마라

아무도 미워하지 않게 되기를 바라지 말고 가끔 저녁
에 술이나 한잔해라

산을 바라보기 위해서는 반드시 산을 내려와야 하고

사막을 바라보기 위해서는 먼저 깊은 우물이 되어야
한다

# 낡은 의자를 위한 저녁기도

그동안 내가 앉아 있었던 의자들은 모두 나무가 되기를
더이상 봄이 오지 않아도 의자마다 싱싱한 뿌리가 돋아
땅속 깊이깊이 실뿌리를 내리기를
실뿌리에 매달린 눈물들은 모두 작은 미소가 되어
복사꽃처럼 환하게 땅속을 밝히기를

그동안 내가 살아오는 동안 앉아 있었던 의자들은 모두
플라타너스 잎새처럼 고요히 바람에 흔들리기를
더이상 새들이 날아오지 않아도 높게 높게 가지를 뻗어
별들이 쉬어가는 숲이 되기를
쉬어가는 별마다 새가 되기를

나는 왜 당신의 가난한 의자가 되어주지 못하고
당신의 의자에만 앉으려고 허둥지둥 달려왔는지
나는 왜 당신의 의자 한번 고쳐주지 못하고
부서진 의자를 다시 부수고 말았는지

산다는 것은 결국
낡은 의자 하나 차지하는 일이었을 뿐
작고 낡은 의자에 한번 앉았다가
일어나는 일이었을 뿐

# 나무에 쓴 시

봄이 오면
사람 밑에 앉아 있지 않고
나무 밑에 앉아 있겠어요
종일토록 봄비가 오다가 그치지 않으면
사람 밑에 서서 비를 맞지 않고
나무 밑에 서서 비를 맞겠어요
잘라버린 귀를 다시 찾아 붙이고
나무에 내리는 빗소리에 인생을 빼앗기고 말겠어요
쓸쓸히 비를 맞고 가는
죽은 벗들을 길에서 만나면
일일이 반갑게 악수를 하고
밤새도록 우산을 함께 쓰고 가겠어요
비가 그치고 햇살이 눈부셔도
더이상 날아가는 화살을 잡으려 하지 않겠어요
작은 산을 향해 걸어가는 큰 산을
묵묵히 따라가겠어요

# 물길

길이 없을 때 물길을 따라간다
길을 찾다가 길을 잃고 말았을 때
터벅터벅 물길을 따라 걷다가
느릿느릿 산굽이를 따라 돌다가
해가 지면 어떠랴
길은 물을 만들지 못하나 물은 길을 만든다
강가의 돌멩이 속에도 물이 흐른다
작은 저녁별 속에도 푸른 물길은 굽이쳐
보라
사람들이 길을 다 버리고 물길을 따라간다
결코 가고 싶지 않았던
기어이 가지 않으면 안되었던
슬픈 인간의 길을 다 버리고
물의 길을 따라가는
어린 물고기를 따라간다

# 물새

강가의 물새 한 마리
물에 젖지 않고
순식간에
물에 뛰어들어갔다가 나온다
나도 물새가 되어
물에 뛰어든다
그만 흠뻑 물에 젖어
나오지 못한다

# 내 얼굴에 똥을 싼 갈매기에게

고맙다 나도 이제 무인도가 되었구나
저무는 제주바다의 삼각파도가 되었구나
고맙다 내 죄가 나를 용서하는구나
거듭된 실패가 사랑이구나
느닷없이 내 얼굴에 똥을 갈기고
피식 웃으면서 낙조 속으로 날아가는 차귀도의 갈매
기여
나도 이제 선착장 건조대에 널린 한치가 되어
더이상 인생을 미워하며 잠들지 않으리니
나도 한번 하늘에서 똥을 누게 해다오
해지는 수평선 위를 홀로 걷게 해다오

# 물고기에게 젖을 먹이는 여자

물고기들이 물속에서
물을 먹지 못하고
둥둥 떠내려갈 때
깊은 바다
바닥이 없는 바다의 물고기들이
물속에서 물에 빠져 허우적거릴 때
결국은 엄마를 잃고 모든 물고기들이
물속에서 목이 마를 때
급히 브래지어를 밀쳐올리고
물고기에게 젖을 먹이는 여자
첫아기를 낳은 젊은 엄마처럼
튼튼한 젖가슴을 드러내고
물고기에게 배불리 젖을 먹이는 여자
망망한 바다
갈매기도 없는 바다의 물고기들이
수평선에 목이 걸려 죽어갈 때에도
수평선을 풀어주고

하루종일 젖을 먹이는 여자
나 그 여자에게 다가가
젖 달라고 우네
아기처럼

# 나는 물고기에게 말한다

그래도 너를 사랑한다고 말하고 싶을 때
그래도 너를 사랑하지 않는다고 말하고 싶을 때
그래도 떠날 때는 내 돈을 모두 너에게 주고 싶다고 말
하고 싶을 때
그래도 너에게 단 한푼도 줄 수 없다고 말하고 싶을 때
나는 촛불을 들고 강가로 나가 물고기에게 말한다
물고기는 조용히 지느러미를 흔들며 내 말을 듣고만
있을 뿐
아무에게도 아무 말도 하지 않으므로

내 산을 모두 밭으로 만들어 너에게 주고 싶다고 말하
고 싶을 때
네 밭을 모두 산으로 만들어 내가 가지고 싶다고 말하
고 싶을 때
아무에게도 들키지 않고 이제는 인간이 되고 싶지 않
을 때
기어이 인간을 버리고 혼자 울고 싶을 때

나는 강가로 나가 물고기의 허리를 껴안고 운다

침묵만이 그들의 언어이므로

침묵 외에는 그 어떠한 말도 하지 않으므로

# 바다가 보이는 화장실

바다가 보이는 화장실에 앉아 똥을 누면
바다가 똥 누는 나를 엄마처럼 들여다본다
어떤 때는 파도를 데리고 달려와 들여다보고
어떤 때는 갈매기를 데리고 날아와 들여다보고
또 어떤 때는 고래 한 마리 데리고 달려와
똥 누는 나를 데리고 바다로 간다
나는 아기고래들의 가장 친한 친구가 된다

내 어릴 때 첨성대 앞 초가집에 살 때는
문짝이 떨어져나가고 지붕도 없는
별이 보이는 화장실이 있었다
별이 보이는 화장실에 앉아 똥을 누면
아기별들이 와르르 내 가슴에 쏟아졌다
아기별들을 데리고 첨성대 창문 속으로 들어가
밤새도록 놀다가 창밖을 내다보면
별들도 똥을 누고 사라지곤 했다

나는 요즘 바다가 보이는 화장실에 가면
팬티까지 벗은 늙은 내 몸을
바다에게 보여주지 않으려고 얼른 창을 닫는다
죄 많은 똥을 다 누고
은근히 창을 열고 바다를 바라보면
멀리서 섬들이 놀리는 줄도 모르고
수평선에 서서 오줌 누는 아이들이 보인다

# 노부부

너거 아버지는 요새 똥 못 눠서 고민이다
어머니는 관장약을 사러 또 약국에 다녀오신다
내가 저녁을 먹다 말고
두루마리 휴지처럼 가벼운 아버지를 안방으로 모시고
가자
어머니는 아버지의 늙은 팬티를 벗기신다
옆으로 누워야지 바로 누우면 되능교
잔소리를 몇번 늘어놓으시다가
아버지 항문 깊숙이 관장약을 밀어넣으신다
너거 아버지는 요새 똥 안 나온다고 밥도 안 먹는다
늙으면 밥이 똥이 되지 않고 돌이 될 때가 있다
노인병동에서 일하는 간호사 사촌여동생은
돌이 된 노인들의 똥을 후벼파낼 때가 있다고 한다
사람이 늙은 뒤에 또다시 늙는다는 것은
밥을 못 먹는 일이 아니라 똥을 못 누는 일이다
아버지는 기어이 혼자 힘으로 화장실을 다녀오신다
이제 똥 나왔능교 시원한교

아버지는 못내 말이 없으시다
어머니는 굽은 등을 더 굽혀 설거지를 하시다가
너거 아버지 지금 똥 눴단다
못내 기쁘신 표정이다

# 어머니의 물

어느날 팔순의 어머니가
이제는 제발 좀 어디로 떠돌아다니지 말고 집으로 돌
아와
항아리에 물을 가득 채우라고 말씀하셨습니다
나는 어머니 말씀대로 집으로 돌아와
날마다 항아리에 물을 가득 채웠습니다
배고픈 새들이 날아와 물을 먹었습니다
마른 낙엽들이 찾아와 몸을 적셨습니다
간혹 지나가는 나그네도 물을 마시고 지나갔습니다
그러나 나는 날마다 물을 가득 채우는 일이 너무 힘이
들어
어머니 몰래 항아리 뚜껑을 닫아버리고 말았습니다
배고픈 새들이 더 배가 고파 죽어갔습니다
마른 낙엽들이 더 마른 낙엽이 되어 나뒹굴었습니다
병든 어머니마저 더 병이 들어 말없이 돌아가셨습니다
나는 먼 길 떠나시는 어머님께 이승에서 마지막으로
물 한 그릇 올리기 위해 항아리 뚜껑을 열었습니다

뚜껑은 열리지 않았습니다
아무리 애를 써도 열리지 않았습니다
나는 커다란 돌을 들어 항아리를 힘껏 내리쳤습니다
항아리가 박살이 났습니다
그러나 물은 깨어지지 않았습니다
항아리 모습 그대로 고요히 웃고 있었습니다

# 용서

달라이 라마
당신에게도 용서할 수 없는 게 있지
용서에도 연습이 필요하다고
내가 다른 사람의 잘못을 한 가지 용서하면
신은 나의 잘못을 두 가지나 용서한다고
살면서 얼마나 많이 남을 용서했느냐에 따라
신이 나를 용서한다고
불쌍한 내 귀에 아무리 속삭여도

달라이 라마
당신에게도 결코 용서할 수 없는 슬픔이 있지
용서만이 인간의 최선의 아름다움이 아닐 때가 있지
내가 내 상처의 뒷골목을 휘청거리며 걸어갈 때
내가 내 분노의 산을 헉헉거리며 올라가
기어이 절벽 아래로 뛰어내릴 때
아버지처럼 다정히 내 어깨를 감싸안고
용서하는 일보다 용서를 청하는 일이 더 중요하다고

용서할 수 없으면 차라리 잊기라도 하라고
거듭거듭 말씀하셔도

달라이 라마
당신에게도 결코 용서할 수 없는 분노가 있지
히말라야의 새벽보다 먼저 일어나
설산에 홀로 뜬 초승달을 바라보며
문득 외로움에 젖을 때가 있지
야윈 부처님의 어깨에 기대어
용서보다 먼저 눈물에 젖을 때가 있지

## 손가락

내 손가락이 자꾸 나를 가리킨다
내가 검지손가락으로 정확히 당신을 가리키면
내 손가락이 서서히 방향을 틀어 나를 가리킨다
내가 검지손가락을 치켜들고 당신을 향해 삿대질을
하면
내 손가락이 나를 향해 하루종일 삿대질을 한다
한때는 내 손가락에도 산수유가 피었으나
내 손가락이 가리키는 곳마다 길이 되었으나
지금은 꽃도 피지 않고 길도 무너지고
내 책상 앞에 붙여놓은 사진 속의 반가사유상도
살며시 턱을 괸 손가락을 들어 나를 가리킨다
내가 한 여자의 남자가 되어 처음으로 불국사를 찾았
을 때
비로전에서 반가이 나를 맞이하던 비로자나불도
고요히 감싸쥐고 있던 손가락을 들어 나를 가리키며
빙긋이 미소짓는다
나는 자꾸 나를 가리키는 손가락을 들고 길을 걷다가

어느 첫눈 오는 날 내 손가락을 잘라버린다
흰 눈 위에 뚝뚝 피를 흘리는 내 손가락을 주워
하나는 불국사 쓰레기통에 던져버리고
또 하나는 땅에 심는다

# 빈 벽

벽에 걸어두었던 나를 내려놓는다
비로소 빈 벽이 된 벽이 가만히 다가와
툭툭 아버지처럼 내 가슴에 켜켜이 쌓인 먼지를 털어
준다
못은 아직 빈 벽에 그대로 박혀 있다
빈 벽은 누구에게나 녹슨 못 하나쯤 운명처럼 박혀 있
다고
못을 뽑으려는 나를 애써 말린다
지금까지 내 죄의 무게까지 견디고 있었던 저 못의 일
생에 대해
내가 무슨 감사의 말을 할 수 있을까
나는 나를 벽에 걸어놓아야만 벽이 아름다워지는 줄
알았다
내가 벽에 걸려 있어야만 인간이 아름다워지는 줄 알
았다
밤하늘이 아름다운 것은
스러져 보이지 않는 별들 때문이라는 것을 알지 못하고

캄캄한 내 눈물의 빈방에
한 줄기 밝은 햇살이 비치는 것은
사라져 보이지 않는 어둠 때문이라는 것을 알지 못하고
빈 벽이 되고 나서 비로소 나는 벽이 되었다

## 다시 자장면을 먹으며

다시 자장면을 먹으며 살아봐야겠다
오늘도 오른손이 하는 일을 왼손이 알게 하고
네가 내 오른뺨을 칠 때마다 왼뺨마저 치라고 하지는
못했으나
다시 또 배는 고파 허겁지겁 자장면을 사먹고 밤의 길
을 걷는다
내가 걸어온 길과 걸어가야 할 길이
너덕너덕 누더기가 되어 밤하늘에 걸려 있다
이제 막 솟기 시작한 별들이 물끄러미 나를 내려다본다
나는 감히 푸른 별들을 바라보지 못하고
내 머리 위에 똥을 누고 멀리 사라지는 새들을 바라본다
검은 들녘엔 흰 기차가 소리없이 지나간다
내 그림자마저 나를 버리고 돌아오지 않는다
어젯밤 쥐들이 갉아먹은 내 발가락이 너무 아프다
신발도 누더기가 되어야만 길이 될 수 있는가
내가 사랑한 길과 사랑해야 할 길이 아침이슬에 빛날
때까지

이제 나에게 남은 건

부러진 나무젓가락과 먹다 만 단무지와 낡은 칫솔 하
나뿐

다시 자장면을 먹으며 살아봐야겠다

# 하늘에게

어제 하루 일하지 않았으므로
오늘 하루를 굶겠습니다
어제 하루 사랑하지 않았으므로
오늘 또 하루를 굶겠습니다

굶겠습니다
오늘 하루도 일하지 않았으므로
내일 하루도 굶겠습니다
오늘 하루도 사랑하지 않았으므로
내일 하루도 굶겠습니다

인생에는 웃을 수밖에 없는 일이 더 많다고
어머니는 빙그레 웃으시지만
나는 언제나 한 마리 짐승에 지나지 않았습니다
배고픈 한 마리 인간에 지나지 않았습니다

# 꽃향기

내 무거운 짐들이 꽃으로 피어날 수 있었으면 좋겠네
버리고 싶었으나 결코 버려지지 않는
결국은 지금까지 버리지 못하고 질질 끌고 온
아무리 버려도 뒤따라와 내 등에 걸터앉아 비시시 웃
고 있는
버리면 버릴수록 더욱더 무거워져 나를 비틀거리게
하는
비틀거리면 비틀거릴수록 더욱더 늘어나 나를 짓눌러
버리는
내 평생의 짐들이 이제는 꽃으로 피어나
그래도 길가에 꽃향기 가득했으면 좋겠네

# '빈틈'의 생리와 윤리

최현식

 거스르지 않는 삶, 다시 말해 '순리'대로 사는 것은 우리에게 아직도 유효한 정언에 해당한다. 이 삶은 당연히도 막무가내의 순종이 아니라 자유의 경지를 넓히는 한에서 아름답고 위대하다. 가령 공자의 지천명(知天命)이니 이순(耳順)이니 하는 말은 삶의 탁월한 운용이 결과한 무한 자유에 대한 겸손한 언사로 이해해도 좋겠다. 하지만 이 말들은 자기의 앞뒤에 타자를 배치하고 있다는 점에서, 대화적이며 타자 지향적이다. 순리든 자유든 그것의 진정성은 독아(獨我)적 실현보다는 타자와의 무애(無涯/無碍)한 소통을 획득할 때 뚜렷이 드러난다.

 그러나 우리가 쉽게 내뱉는 '순리'라는 말은 결코 간단치 않다. 국어사전은 "도리에 수종함. 순조로운 이치"로 뜻풀이를 하고 있다. '도리'나 '이치'를 자연의 편에 둘 것인가 아니면 인간의 편에 둘 것인가. 어느 한쪽으로 기우뚱할 때 '순리'는 자연/야만을 함축하는 '생리'로, 문화/문명을 표상하는 '윤리'로 제 모습을 바꿔갈 것이다. 하지만 '더 나은 삶'은 '생리'와 '윤리'의 경쟁이 아니라 그것들의 정당성과 합리성이 동시에 실현되는 '통합'에 의해 성취될 가능성이 크다. 물론 누구나 동의 가능한 '순리'는 '생리'와 '윤리'의 합집합이 아니라 교집합을 통과할 때 생성될 것이다. 그쯤 되면 사람들은 외압이 강제한 "슬픈 인간의 길을 다 버리고/물의 길을 따라가는"(「물길」) 자유자재를 얼마간 감촉하게 될지도 모른다.

   살얼음 낀 겨울 논바닥에

   기러기 한 마리

   툭

   떨어져 죽어 있는 것은

   하늘에

   빈틈이 있기 때문이다                    ─「빈틈」 전문


   고백하건대, 삶을 꾸려가는 세 개의 '이치'에 대한 단상 (斷想)은 『포옹』이 맨 앞에 내건 싸늘한 언어 '빈틈'에서 비

롯되었다. 기러기를 죽게 한 하늘의 '빈틈'은 재앙인가 아니면 자연의 소산일 따름인가. 바꿔 말하자면 기러기는 자연의 이치에 따라 죽은 것인가 아니면 '하늘'이란 절대자에 의해 죽임을 당한 것인가. 그렇다면 「빈틈」은 사실의 차가운 보고인가 아니면 '하늘'의 불완전함에 대한 회의와 비판인가.

우리에게 익숙한 정호승의 어법은, '빈틈'을 "아직도 넘어질 일과/일어설 시간이 남아 있다는 것은 큰 축복이다"(「넘어짐에 대하여」)로 표현하는 희망과 역설의 논리일 것이다. 그러나 현재 정호승 시는 회한과 냉소의 자리로 흘러드는 느낌이 강하다. 빈틈투성이의 '하늘'과 "제발 좀 내려오라고 해도 내려오지 않고" 아직도 "십자가에 매달려 피를 흘"리는 '예수'(「집 없는 집」)는 그래서 상통한다. 1980년대 초입 상당한 충격을 야기한, "서대문 구치소 담벼락에 기대어 울고 (…) 인생의 찬밥 한 그릇 얻어먹는" 예수(『서울의 예수』, 1982)는 우리가 취해 마땅한 삶의 윤리를 표상했다. 하지만 지금의 예수는 자아의 곤란함과 불안을 강제하는 불편한 형상으로 불현듯 읽힌다. 베드로가 그랬듯이, 예수의 절대성에 대한 회의는 치수(治水)의 능력을 "흠뻑 물에 젖어/나오지 못"(「물새」)하는 불행의 원천으로 뒤바꾼다. 이런 곤혹은 삶의 지표를 어지럽힌다는 점에서 자아의 위기와 소외를 일상화한다.

가는 발목에 끈이 묶여

날지 못하는

오가는 행인들의 발길에 가차없이 차이는

푸른 하늘조차 내려와 도와주지 않는

해가 지도록 오직

푸드덕푸드덕거리기만 하는

한 마리

저 땅 위의

새                                              ─「끈」 전문


 '끈'에 묶인 새 역시 '빈틈'의 피해자이긴 마찬가지다. 따라서 '새'는 '기러기'이며 시인 자신이다. 불행의 반복과 중첩 속에서 '윤리'는 채우기 힘든 '항아리'(「어머니의 물」)로 돌변하며, 떠돎에 내포된 처연한 아이러니, 곧 "길 떠나기 전에 신발이 먼저 닳아버린 줄도 모르"(「북극성」)는 무지는 패배자의 생리로 태연히 둔갑한다. 이에 따른 극렬한 고통은 감정의 침묵(절제가 아닌!)을 적극 유인하는데,*

---

* 『포옹』에는 단형(單形) 서정시의 비중이 꽤 높다. 이 시들에는 사물 또는 세계와 친화하는 유추적 상상력이 거의 드러나지 않는다. 시인은 차가울 만큼 단정하게 특정한 사실이나 장면을 서술할 따름이다. 나는 이런 현상을 특징짓기 위해 '감정의 침묵'이란 말을 사용했다. '감정의 침묵' 속에서 세계와 삶의 아이러니는 더욱 독해지는 듯하다.

이 현상은 현재적 자아에 대한 부정, 또는 죽음 충동을 서
슴없이 드러내는 시들에서 두드러진다.

> 오늘은 내 생일이므로
> 짐승의 마음이 인간의 모습으로 태어난 날이므로
> 개밥그릇을 물고 거리로 나가 유기견들에게 내 심장
> 을 떼어주고
> 길고양이들에게 내 콩팥을 떼어주고
> 물끄러미 소나기 쏟아지는 거리를 바라본다
>    (…)
> 나는 젖은 돌멩이로 떡을 만들어 그에게 주고
> 흙으로 막걸리를 빚어 나눠 마시고
> 신나게 꼬리를 흔들다가
> 아직 태어나지 않은 나에게 말한다
> 부디 다시는 태어나지 말라고
> 태어나지 않은 날이야말로 내 생일이라고
>
> ―「생일」 부분

'젖은 돌멩이'로 '떡'을 만들고 '흙'으로 '막걸리'를 빚어
노숙자와 나누는 '나'의 능력과 행위는 예수의 오병이어(五
餠二魚) 사적에 대한 인유적 패러디일 것이다. 하지만 이것
을 일종의 신성모독으로 간주할 필요는 없다. 예수의 사적

은 자아를 힐난하고 자아의 쓸모없음을 부풀리기 위해 일부러 동원되었을 가능성이 크다. 예수는 오병이어의 기적을 통해 자신의 권능과 사랑, 연대감을 세상에 너울거리게 한다. 그러나 '나'의 창조력은 '짐승의 마음이 인간의 모습'을 한, 그러니까 양두구육(羊頭狗肉)의 치욕적 존재감을 희롱하는 유희에 소용될 따름이다.

언뜻 생각해봐도, '태어나지 않은 날'이 '생일'이란 말만큼 존재에 대한 거부와 절멸의 욕망을 드러내는 표현은 흔치 않다. 이런 상황에서 삶은 이미 죽음이며, '나'의 일상은 처참하고 우스꽝스런 부조리극에 지나지 않는다. 저의 본질이 사실은 '짐승'에 지나지 않으며 제가 걸친 모든 옷이 수의(「수의」)였다는 아픈 깨달음은 그래서 더욱 비참하다. 물론 정호승의 자기 희화와 죽음 충동은 그 기원과 서사를 충분히 엿볼 수 없다는 점에서 때로는 과장적이다. 하지만 그것은 자아의 안위와 연옥의 초극을 함부로 넘보지 않기에 작위적이지 않다. 차라리 그것은, 제가 경험한 세계의 파괴나 삭제를 곧잘 자기 갱신의 전제로 삼는 데서 보듯이, 더욱 합당한 소멸의 윤리를 암암리에 모색하는 뜨겁고도 외로운 의식일 수 있다.

오래전에 내 손을 잡고 문 안으로 들어온 사람과
그 사람이 가슴에 가득 안고 들어온 산과 바다가 있는

풍경도

　어느새 나를 버리고 문밖으로 나가 보이지 않는다

　눈물은 나지 않는다

　이제 굳이 문 안으로 걸어들어오던 때를 그리워할 필
요는 없다

　문 안에서 늘 문이 닫힐까봐 두려워하던

　문 안에서 늘 문밖을 바라보며 살아온 나를

　이제 와서 탓하지는 말아야 한다

　문 없는 문의 손잡이를 다시 잡는다

　문은 없어도 문은 열린다

—「문 없는 문」 부분

　겉보기에 이 시와 「생일」의 거리는 그리 가까워 보이지
않는다. 이 시에 삶에 대한 회한이나 죽음과의 친연성이
거의 보이지 않는 까닭이다. 오히려 주어진 삶에 대한 순
응과 소명의식이 더 두드러진다. 그런데 이 시 외에도 정
호승은 '무엇 없는 무엇', 다시 말해 대상의 지움 속에서 대
상을 재발견거나 재창조하는 시 두 편을 더 선보인다
(「빈 벽」「집 없는 집」). 감정은 때로 상반되지만, 궁극적으
로는 "빈 벽이 되고 나서 비로소 나는 벽이 되"(「빈 벽」)는
신세계와의 조우를 표상하는 시들인 것이다.

　이 지점의 '빈 벽=벽'은 현재적 자아와 세계의 파괴, 좀

점잖게 말한다면 '내려놓음' 속에서 생성되며 또 강한 내구력을 더해간다. 하지만 정작 중요한 것은 「생일」 등에 박혀 있는 죽음 충동, 그러니까 적극적 니힐리즘이 은폐된 참세계의 열림을 이끈다는 사실이다. 요컨대 소멸의 윤리는 자아와 세계의 영점화(零點化)가 아니라 "사라져 보이지 않는 어둠"(「빈 벽」)의 활성화인 것이다.

이런 점에서 『포옹』은 비유컨대 '默示錄'과 '默視錄'의 경계를 넘나든다 하겠는데, 정호승 최후의 도착지는 아마도 후자가 될 것이다. 관행적 의미로 볼 때 전자는 진리와 영원을 세계의 부서짐을 통해 예언하는 무섭고도 가혹한 언어이다. 후자는 지시적 의미만 따른다면 세계를 간섭하지 않고 묵묵히 보기만 하는 소극적 언어일 수 있다. 하지만 '默示錄' 이후의 세계는 '默視'가 오히려 존재의 자율성과 자유, 타자와의 연대감과 상호소통을 넓히는 원리가 될 것이다. 힘센 윤리가 삶을 통제하고 좁히는 것보다 삶이 윤리의 새된 권위와 압박을 풀고 지워나가는 것이 훨씬 바람직하듯이 말이다.

따라서 정호승의 "누구를 믿어야 사람은 죽어도 살까"(「옥산휴게소」)라는 조심스런 고백은 『포옹』의 핵심어구일 수 있다. 2000년대 이후 정호승 시에서의 불교적 사유를 주목해온 이라면, 또 '서울의 예수'에 대한 불편함을 감지한 이라면, 이 대목을 새로운 신성(神聖) 또는 절대자의 맞음으로 받아들일 법하다. 하지만 정호승에게 절대자는 대체의 대상이 아니다. 대체는 회피의 수단일 수 있어도 문제해결의 방법일 수는 없다. 절대자는 '죽어도 사는' 인간 최후의 욕망을 순리에 맞게끔 인도하며, 영원성이 어떻게 가능한가를 미리 현시하는 절대지표일 따름이다. 정호승은 어쩌면 그들의 위대한 빛만 두리번거리는 대신, 그 빛을 더욱 밝히는 깜깜한 어둠을 응시하고 있는지도 모른다. 실제로 예수와 붓다는 삶과 존재의 수정과 무관한 일방적 경배나 부정의 대상이 아니다. 그들의 말씀과 사적은 주체의 한계와 확장 가능성을 동시에 타진하는, 그러니까 "결국 모래가 되어버린" "인간들과 잠시 이야기를 나누"는 '무인등대'(「무인등대」)에 해당한다.

절대자는 매달린다고 불쑥 나타나는 바깥의 존재가 아니다. "죽음에까지 이르는 사랑"(「꽃을 태우다」)을 몹시 갈구할 때야 비로소 우리 내면에 스스로를 현상하는 내적 존재인 것이다. 그러니 정호승의 종교적 상상력은 내면에 편재한 영성(靈性)을 받아안음으로써 자신을 갱신하려는 대화적 행위로 파악함이 좀더 타당하다.* 그는 예수와 붓다의 대화를 경청하면서, 자신을 속박해온 '빈틈', 곧 타율적

---

* 『포옹』에서 '예수'의 사적에 대한 패러디가 자아의 갱신과 관련된 '방법적 사랑'이었음은, 성당의 스테인드글라스를 보면서 "모든 색채가 빛의 고통이라는 사실"을 예감하는 장면(「스테인드글라스」)에서 뚜렷해진다.

윤리를 삶의 전체성에 봉사하는 '빈 벽'으로 고쳐쓰고 싶은 것이다. 그렇다면 예수와 붓다는 신성불가침의 존재이기 전에, 우리가 보편적인 절대성으로 나아가기 위해 반드시 거쳐야 할 통찰과 깨달음의 형식이 아닐 수 없다.

그가 설치중인 '빈 벽'은 대상의 존엄성을 기억하고 기리는 타자성 수렴의 장일 경우가 많다. 타자를 나를 향해 견인하기보다는 오히려 나를 타자에 밀어넣는 이타적 교감 행위인 것이다. 『포옹』에서 이런 경향을 대표하는 시를 뽑으라면, 부모의 늙음과 아픔에 얽힌 가족 시편, 이것의 연장일 장례 풍경을 다룬 시들, 그리고 도심의 밤이 꽃피는 방식을 더듬고 있는 '밤' 시편들을 들어야 할 것이다. 이 시들은 때로는 일률적 타입이 아닌가 우려될 정도로 서로를 참조하는 경우가 많다. 이런 현상은 이 시들이 삶과 시의 새로운 전기 마련에 중요한 역할을 담당하고 있기 때문에 벌어졌을 것이다.

가령 누구나 회피하고 싶은 경험적 진실일 "사람이 늙은 뒤에 또다시 늙는다는 것은/밥을 못 먹는 일이 아니라 똥을 못 누는 일이다"(「노부부」)라는 말을 떠올려보라. 이런 사실에 대한 겸허한 이해와 수용 없이는 '너'의 존엄은 물론 '나'의 존엄도 없다. 따라서 새로운 윤리와 타자성의 어법은 잘 먹는 만큼이나 잘 누는 방법에 대한 고민 속에서 싹틀지도 모른다. 때이른 화해의 감이 없진 않지만, 변두리 삶을 향한 다음의 두 태도는 그의 '빈 벽'에 새롭게 박힐 '북극성', 그러니까 윤리라 해도 좋고 예의라 해도 좋을 어떤 국면을 충실히 예고한다.

> 장의차 한쪽 구석에 앉아 울며 가는 꽃들
> 서로 쓰다듬고 껴안고 뺨 부비다가
> 차창에 머리를 기댄 채 마냥 졸고 있는
> 상주들을 대신해서 울음을 터뜨린다
> 아름다운 곡비(哭婢)다
>
> ─「장의차에 실려가는 꽃」 부분

조화(弔花)는 "인간을 위하여 목숨을 버"렸기 때문이 아니라, "상주들을 대신해서 울음을 터뜨"렸기 때문에 아름답다. '순절(殉節)'은 그 권력관계를 따져본다면 숭고하다기보다 치졸한 죽음의 형식이다. 약자의 충성이 아무리 자발적이라 할지라도, 순절은 강자가 약자의 모든 것을 빼앗고 지워버리는 삶의 갈취적 성격을 결코 벗어날 수 없다. 따라서 죽은 자에 대한 기억과 존숭, 살아남은 자의 슬픔과 아쉬움이 한데 엉킨 상주의 심정을 받아든 '울음'이 더 숭고하다. 시가 '아름다운 곡비'일 까닭도 여기에 있다. 그 이유가 무엇이든 오로지 자기를 향해/위해 터뜨리는 울음은 어리고 어리석을 가능성이 크다. 거기에 "쓰레기가 되면서 비로소 꽃을 피"우는(「꽃을 태우다」) '모가지 잘린 꽃'의 아름다움은 결코 찾아들지 않는다.

> 밤의 연못에 비친 아파트 창 너머로
> 한 소년이 방바닥에 앉아 혼자 라면을 끓여먹고 있다
> 나는 그 소년하고 같이 저녁을 먹기 위해
> 나도 라면을 들고 천천히 밤의 연못 속으로 걸어들어
> 간다
> 개구리 두꺼비 소금쟁이 부레옥잠 들이 내 뒤를 따른다
> 꽃잎을 꼭 다물고 잠자던 수련도 뒤따라와
> 꽃을 피운다　　　　　　　　　　—「밤의 연못」 전문

'밤' 시편의 아름다움도 변두리 삶에 대한 이해와 연대의 감정에만 의존하지 않는다. 거기 실린 '따뜻함'만을 재현하는 데 급급할 경우, 예리하고 풍부한 통찰은 멀고 영혼의 울림 없는 상투성은 가깝다. '밤' 시편에 도드라진 '수면'이나 '바닥'의 적극적 활용과 미적 고안은 그래서 특기할 만하다. 이것들은 '나'와 타자를 잇는 연락선인 동시에, 현실을 간접화하는 미적 장치이다. 여기서 이뤄지는 세계의 성찰과 확장은 '너'에게 스며듦과, 너와 나, 자연과 인간, 이것과 저것을 통합하는 '멋진 신세계'를 창조하는 결정적 힘에 해당한다. 이 '꽃핌'의 세계는 '빈틈' '빈 벽'의

아픔과 지혜를 통과한 끝에 주어진 것이라는 점에서, 객쩍은 환영이 아니라 언제나 실재하는 또다른 '현실=내면풍경'이다.

두 시에서 인간에 대한 예의는 관심과 배려의 자연스러운 결합에 의해 생성되고 지탱된다. 하지만 거기에 시인의 주관적 욕망이 강하게 투사되어 있음을 부인하기는 어렵다. 타자와의 화해와 결연이 너무 산뜻하고 무난하다는 느낌은 그래서 생겨난다. 이 때문에 우리는 관심과 배려가 충돌하는 타자성의 시를 함께 읽어볼 필요를 느낀다.

> 그들 부부는 사람들이 자꾸 찾아와 사진을 찍자
> 푸른 하늘 아래
> 뼈만 남은 알몸을 드러내는 일이 너무 부끄러워
> 수평선 쪽으로 슬며시 모로 돌아눕기도 하고
> 서로 꼭 껴안은 팔에 더욱더 힘을 주곤 하였으나
> 사람들은 아무도 그들이 부끄러워하는 줄 알지 못하고
> 자꾸 사진만 찍고 돌아가고
> 부부가 손목에 차고 있던 조가비 장신구만 안타까워
> 바닷가로 달려가
> 파도에 몸을 적시고 돌아오곤 하였다
>
> ──「포옹」부분

이 시의 소재는 "서로 꼭 껴안은 채 뼈만 남은 몸"으로 발굴된 신석기 시대 부부이다. 이들의 죽어서까지의 '포옹'은 당시의 매장풍습에 대한 고려를 건너뛴 채 애틋한 낭만적 사랑으로 간주되어 세간의 호기심을 더욱 자극했다. 하지만 이런 공론화는 그들의 묵연한 사랑을 세속화하고 제멋대로 이해하는 폭력을 담뿍 동반한 것이다. 진정한 관심은 그들의 사랑에 현세의 속살을 입히는 것이 아니라 '부끄러움'을 드러내지 않도록 배려하는 것이다.

호기심을 채운 자는 돌아가지만 부부의 부끄러움을 '안타까워'하고 걱정하는 '조가비'는 돌아온다. 이 순간 '조가비'는 단순한 장신구가 아니라 부부의 서글픈 영혼 자체이다. '포옹'은 따라서 부부만의 일이 아니다. 그들과 '조가비'의 진정한 통합을 상징하는 일대 사건이기도 하다. 사실 「포옹」은 「장의차에 실려 가는 꽃」 등과 비슷한 어법을 공유한다. 하지만 옥따비오 빠스(Octavio Paz)의 말을 빌린다면, "혼돈 속으로 추락하던 존재를 끄집어내서 새롭게 창조한다"(『활과 리라』)는 것의 의미를 새롭게 부각시켰다는 점에서 그 울림이 더욱 그윽하다. 이런 의미에서 '조가비'의 상심은 안타까운 은애(恩愛)이기 전에, 부부를 원래의 위치로 되돌리려는 타자 존엄의 형식이다.[*]

---

[*] 이에 비한다면 내세에서의 영원을 빌며 현세를 서둘러 마감하는 세 가족의 죽음에 이끌려든 '전깃줄'의 상심은 매우 비극적이다. '전깃줄'은 그들

그러나 이 아름다운 풍경들에 대한 막무가내의 도취는 현실을 슬쩍 비켜놓은 채 '나'를 어설픈 '빈 벽'에 유폐하는 자가당착의 행위일 수 있다. 그러므로 '나'의 임무와 권리는 "지은 절 하나/다시 허물고 마는 일"(「지하철을 탄 비구니」)에 여전히 존재한다. 정호승의 삶과 시의 갱신은 이 반역행위가 얼마나 치열하고 철저한가에 따라 그 밀도와 색채를 달리하게 될 것이다. 그래서 우리는 자꾸 잘려나가는 '손가락'이 안타깝거나 무섭기는커녕, 그것을 버리고 심는 일에 기꺼이 동참하고 싶은지도 모른다.

　　나는 자꾸 나를 가리키는 손가락을 들고 길을 걷다가
　　어느 첫눈 오는 날 내 손가락을 잘라버린다
　　흰 눈 위에 뚝뚝 피를 흘리는 내 손가락을 주워
　　하나는 불국사 쓰레기통에 던져버리고
　　또 하나는 땅에 심는다

　　　　　　　　　　　　　　　　　　　　　　　—「손가락」 부분

　'나'를 향한 손가락을 작파할수록 늘어나는 것은 내 몸의 '빈 터'이다. 하지만 육체의 훼손은 존재를 바치는 일이

---

보다 먼저 죽음으로써 면죄부를 얻고 싶었지만, 결국은 "그들이 함께 할 수 있도록 끝까지 묶어주지 못한 일"(「전깃줄」)을 더욱 안타깝게 여긴다. 타자에 대한 '존엄'과 '윤리'는 여기서 또다른 방향으로 흘러간다.

지 자아를 함부로 버리는 소모적 행위가 아니다. 따라서 '빈 터'는 사멸의 공간이 아니라 자아의 도약이 준비되고 실현되는 싱싱한 영혼의 도량이다. 스스로를 번제물로 삼는 '나'의 행위는 자아의 버림과 살림, 들고남의 형식과 방법을 꿰뚫고 있다는 점에서 매우 성숙한 형식이다.

쓰레기통에 버린 손가락과 땅에 심은 손가락 중 무엇이 썩고 무엇이 꽃을 피울지는 아무도 모른다. '쓰레기통'과 '땅'의 능력은 손가락들이 창조하는 '빈 벽'과 '빈틈'의 성질에 따라 아주 달라질 것이다. 피를 뚝뚝 흘리는 손가락들이여, 그러니 "왜 평생 답장을 주시지 않는지"(「장승포우체국」)라며 벌써부터 보채지 마시길. 차라리 '답장'이 오는 족족 내동댕이치시길.

崔賢植 | 문학평론가

## ■
## 시인의 말

창비에서 『이 짧은 시간 동안』을 낸 지 3년 만에 다시 신작시집을 내게 되었다. 신작시집으로서는 아홉번째 시집이며, '창비시선'으로서는 여섯번째 시집이다. 첫시집 『슬픔이 기쁨에게』(1979)를 낼 때는 이렇게 많은 시집을 창비에서 내게 될 줄 몰랐다. 감사한 마음이 앞선다.

흙으로 사발을 만드는 도공을 옆에서 지켜본 적이 있다. 도공은 그릇의 형태를 만드는 것 같았지만 실은 그릇의 빈 공간을 만들고 있었다. 바로 그 빈 공간이 있음으로써 그릇은 쓸모있는 그릇으로 완성되었다.

나도 시집이라는 사발 하나를 만든 셈이다. 이 사발에 빈 공간이 얼마나 있는지, 행여 아무것도 담을 수 없을 정도로 꽉차 있는 건 아닌지 참으로 부끄럽고 염려스럽다.

시는 결국 한 시대와 그 시대를 살아가는 한 개인의 삶의 총체적 고통에 의해 씌어진다. 비록 공동기도가 되지는 못한다 하더라도 시는 내게 어쩌면 고통을 향한 간절한 기도 같은 것인지도 모른다.

신은 기쁨을 주실 때 직접적으로 주지 않고 다른 누군가를 통해 주신다고 한다. 아마 내겐 시를 통해 주시는 게 아닌가 싶기도 하다. 내가 왜 아직 시를 쓰고 있는지 그 까닭은 잘 모르지만 이렇게 시를 쓰면서 살아가게 하는 그 어떤 신의 뜻이 있으리라.

이번 시집에도 40여 편은 미발표작들로 묶었다. 화해와 포옹이 없는 시대에 이 시집이 우리를 포옹할 수 있게 해주었으면 좋겠다.

2007년 9월
정호승

창비시선 279

# 포옹

초판 1쇄 발행 / 2007년 9월 5일
초판 27쇄 발행 / 2025년 4월 18일

지은이 / 정호승
펴낸이 / 염종선
책임편집 / 박신규
펴낸곳 / (주)창비
등록 / 1986년 8월 5일 제85호
주소 / 10881 경기도 파주시 회동길 184
전화 / 031-955-3333
팩시밀리 / 영업 031-955-3399  편집 031-955-3400
홈페이지 / www.changbi.com
전자우편 / lit@changbi.com

ⓒ 정호승 2007
ISBN 978-89-364-2279-0  03810